FAUST DE 5 A 7. AL AMANECER

FAUST MANRESA ARBOS

FAUST DE 5 A 7. AL AMANECER

EXLIBRIC

ANTEQUERA 2020

FAUST MANRESA ARBOS

FAUST DE 5 A 7. AL AMANECER

Índice

«En ningún lugar hay mundo más que dentro». Así lo definía Rilke cuando escribía sus elegías en el castillo de Duino, sostenido por los acantilados desde donde se puede contemplar el Adriático, las costas de Dalmacia y vislumbrar la ciudad de Trieste, lugar donde aún no hace mucho se podía gozar de la atmósfera y la música vienesa, cuando Viena era un centro cultural de referencia y sus cafés los frecuentaban los mejores poetas, escritores, músicos y arquitectos del momento para debatir, charlar y cambiar impresiones. En el interior tenemos acumuladas nuestras experiencias, lo que hemos vivido, lo que hemos amado y deseado, fantasías, ilusiones, sueños. Una representación del mundo, la nuestra. «Conócete a ti mismo» es una expresión que maduró en el ágora ateniense para estimular la sabiduría. Siglos más tarde la recobró S. Freud al entender que cuanto más nos conocemos más probabilidad tenemos de evitarnos conflictos y contradicciones internas que puedan distorsionar nuestra visión de la realidad. Escribir es también un ejercicio de búsqueda interior orientado a extraer lo mejor de nosotros mismos, de indagar, de hacer visible y accesible toda la riqueza acumulada para que la conciencia, el logos, la razón escojan y ordenen las palabras adecuadas con el fin de que su armonía dé sentido a todo aquello que queremos relatar. Me daría por satisfecho si esta pequeña recopilación de pensamientos fuera de utilidad para acompañarte en momentos de soledad, en el metro, en el autobús. Al atardecer, cuando el sol se retira, las farolas iluminan las calles de la ciudad, buscas una mesa en una terraza, pides una copa de vino y te pones a leer. Y quizá, ¿por qué no?, aquella tarde conozcas al gran amor de tu vida.

Faust de 5 a 7. Al amanecer porque son las horas a las que mis personajes se asoman a la vida y comparto con ellos el privilegio de contemplar cómo la aurora se asoma en el horizonte y nos anuncia un nuevo día.

Morir

La espalda se le quebraba, no sentía las piernas, la cabeza se le hundía entre los hombros y los ojos miraban sin ver. Un dolor plomizo, como el lodo que cubre los caminos y hunde los pies del viajero, se le iba llevando la vida. Moría sufriendo como mueren los perdedores, los desdichados; sin quejarse, con resignación, con el dolor como eterno compañero de viaje. Se apagó sin ruidos, sin prisas, sin cuerpo al que abrazar ni silencio que compartir, sin despedirse. Murió muriendo.

Adiós

Los de la mudanza cumplieron su cometido en el tiempo acordado. En dos horas tenían el vehículo lleno con todas mis pertenencias: muebles, utensilios, cuadros, ropa. Después de unos años de convivencia, un atardecer me llamó y me dio la noticia. «Hemos de hablar», me dijo. «¿De qué?», le pregunté. «De nosotros», me contestó. Y añadió: «¿No ves que no estamos bien?». «La verdad es que no me había dado cuenta». La respuesta fue contundente: «Hemos de dejarlo; he tomado la decisión y es inapelable». Hecho que, traducido a la vulgaridad, venía a ser un «¡lárgate de casa, que ya no te necesito!». No sé si la vida es una caja de bombones y nunca sabes el que te va a tocar, pero había visto despidos más humanos. Salgo de casa y me abraza. Unos golpecitos en la espalda fugaces, lánguidos, sin apenas mirar. Me vienen a la mente Giotto y el huerto de Getsemaní, sin el beso. Siento un escalofrío frío, frío. Me voy al coche y cuando pienso que ya no la veré más aparece de nuevo. ¿Se humaniza? No. «Te has dejado la foto de tu madre», dice. Me la da y me mira y la miro. Pienso en las lenguas de hielo de los países nórdicos, que solo su llegada al mar las funde. Levanto la mano; adiós… a nadie. Me pregunto qué tipo de bombón me ha tocado. El sabor es amargo. ¿O es la caja entera? Lo averiguaré. Pongo el coche en marcha para dejarlo todo atrás. ¿Todo? ¿El qué?, me pregunto. La nada, me digo.

La alegría

Al salir del funeral, el dolor interpeló a la tristeza: «Siempre que te veo me siento acompañado». «A mí me ocurre algo parecido; cuando te veo siento que no estoy sola —respondió la tristeza—. En cambio, la alegría me produce desasosiego. Aparece raras veces, pero cuando lo hace es para fastidiarme. Me da rabia». «¿Sabes por qué te ocurre? —dijo el dolor—. Pues porque la alegría es el fruto de nuestra derrota».

El pasado

A nadie parece interesarle mirar atrás. Lo pasado pasado está, dicen. Como si el pasado fuera algo repugnante, que se consume en la cuneta de la carretera del olvido, como si fuera la colilla de un cigarrillo mal apagado. Renunciar al pasado es como ponerle un candado a tu vida y echar la llave al mar con todo lo que acumulaste durante los años y que te hizo ser lo que eres. Sería como acudir a la fiesta de la vida con el armario vacío, sin nada que ponerte.

La hoja

El día era desapacible y ventoso. Las hojas caídas de los árboles eran un juguete que la brisa desplazaba a su antojo. Sostenidas en el aire, abandonadas al azar sin rumbo fijo, se acumulaban en distintos lugares de la plaza, dibujando formas y figuras diversas. Habían ennegrecido y perdido su frescura y verdor. Rígidas, ya no se doblaban, se rompían. Lejos quedaban ya las ramas que las habían sostenido y los árboles que las habían albergado. Ahora el otoño se las llevaba y les evitaba la crudeza del invierno. Una de ellas, descolgada del grupo, se había posado en su hombro. Sin pensarlo la cogió y, con suavidad, cerró la mano. La emoción buscó en la memoria y viajó en el tiempo. Un año antes, una tarde parecida, una hoja rebelde había escogido el hombro de Leonora. Lo recordaba con nitidez. «Aunque no te lo creas, esta hoja también ha vivido y también ha amado; distinto de nosotros, a su manera, pero ha amado», le había susurrado al oído antes de soltarla. Con cuidado metió la mano y la hoja en el bolsillo y la acarició. Anochecía. Los días eran más cortos, el sol se iba más temprano, dejándonos a oscuras en manos del incipiente invierno. El frío se adueñaba de las calles y plazas y las nubes se abastecían de agua, que convertirían en hielo y luego en nieve. Se subió el cuello del abrigo y aceleró el paso. El contacto de la hoja en su mano la reconfortó. Evocó su alma y tuvo la sensación de que volvían a estar juntos.

Globalización

Le dejó el dinero encima de la mesita. Joven, menos de treinta años, a miles de kilómetros de su casa, donde le espera un niño que vive con la abuela, a quien le manda la mitad de lo que gana. Trabajaba en una tienda, pero no le llegaba ni para el alquiler. La distancia endurece, pero allí habría sido difícil justificarse. Globalización. «¿Para qué?», pensó. El dinero se concentra, la pobreza se expande, la gente se dispersa y la mujer sostiene el mundo, sola. Algo estamos haciendo mal.

El baile

La sacó a bailar, le puso la mano en la espalda desnuda, luego en la cintura. Apretó un poco. Un poco más. Eran un solo cuerpo que se movía al ritmo lento de la música. Bajó la mano. Más. Ningún obstáculo. Las nalgas se balanceaban, la mano seguía el vaivén. Juntó su mejilla, el perfume aceleró las neuronas, la besó. Ella le ofreció los labios. Se estremeció. Apenas eran las ocho de la tarde.

La confianza

Mi héroe no es un personaje de cómic ni tiene poderes sobrehumanos ni lo ha ganado todo en la vida. No es una persona que se haga notar, no es nadie que quiera imponerse ni que todos le escuchen ni ser ejemplo de nada ni tener razón en todo. No le gusta recibir premios, halagos, reconocimiento, reverencias, agasajos ni admiración. No es alguien que quiera salvar al mundo de nada ni de nadie. No aspira a tener poder ni quiere la gloria ni la inmortalidad. No tiene una figura exquisita ni espectacular, con un porte elegante, ni podemos decir que sea una belleza, ni mucho menos alguien a quien envidiar su físico. Es una persona discreta, a la que le gusta la vida, disfrutar de los amigos, amar y ser amada. Respeta a los demás, a los que son distintos, sean cuales sean la raza, las creencias, la religión o el color de la piel. Mi héroe no puede soportar a los engreídos, a los autoritarios, a los corruptos, a los que tienen dos caras, a los que matarían por unas monedas ni a los que utilizan las palabras para mentir, negar, manipular o dominar a los demás. Tengo la suerte de que mi héroe es mi amor, porque sabe cómo amarme y porque se ha preocupado de saber, de estudiar, de leer, de conocer la sociedad, la naturaleza, las personas y ha encontrado su espacio en el mundo sin tener que pisotear a ningún ser humano. Mi héroe es alguien en quien siempre puedes confiar.

El ascenso

Desde que la empresa me ascendió a un cargo directivo vengo observando cosas preocupantes a mi alrededor, que nunca antes me habían sucedido. Mis superiores, por ejemplo, me tratan con cierto desdén, con aires de suficiencia, me regatean elogios de tareas que, a mi entender, he desempeñado a la perfección y que han tenido resultados excelentes para la empresa. Algo parecido me ocurre con mis nuevos compañeros de dirección. Cuando estoy con ellos experimento una cierta incomodidad, no sabría cómo decirlo. Me transmiten una sensación de rechazo quizá porque no soy de la misma clase social, me tratan como un advenedizo, cuchichean a mis espaldas. Me da la sensación de que siempre están pendientes de mí y pienso que, en cierta manera, me envidian. Por no hablar de la actitud de mis subordinados hacia mi persona. Todos quieren quitarme el puesto. Nadie me ha dicho nada, pero lo noto en sus gestos, en cómo me miran y cómo miran mi despacho, los muebles, los cuadros, el ordenador, el iPhone, la mesa. Todo ello me obliga a llegar antes que nadie al trabajo, quedarme hasta más tarde y cerrar con llave el despacho cuando me voy. En mi casa es otra cosa también extraña. Todos actúan como si no hubiera sucedido nada, me tratan igual que siempre, no parece importarles mi nuevo estatus. Incluso tengo que poner la mesa como hacía antes. Desde que me ascendieron están sucediendo cosas preocupantes a mi alrededor.

El lienzo

Mientras paseaba por los jardines que acompañan al río en su trayecto por el centro de la ciudad, he iniciado una reflexión como consecuencia de una cierta melancolía que justo al despertarme se ha adueñado de mí, hasta el punto de que me he sentado en un banco, a la sombra de unos inmensos arces que me cobijan en mi recordar.

He abierto las puertas de mi imaginación y me han mostrado la imagen de Leonora en todo su esplendor, que me ha hecho rememorar el primer día que la conocí: la terraza, la calle, su pelo al aire, su sonrisa, su mirada, cómo nos reímos, el primer beso, en una secuencia de imágenes y palabras que se complementan. Una palabra, una emoción, una imagen, un sentimiento: el amor. Los recuerdos son el báculo que me sostiene y el baúl que me contiene. En ambos suelo buscar y apoyarme cuando me pierdo o no me sostengo, cuando flaquea mi autoestima o cuando tengo una crisis existencial y tengo que hurgar para encontrarle sentido a la vida. Los recuerdos son el libro donde se escribe el relato de mi vida, son los que me han construido, a ellos me debo y les debo. Son mis sueños, soy yo, soy yo.

El maltrato

Os habéis apoderado de las palabras y las alejáis de la verdad, negáis la realidad y las utilizáis únicamente para vuestros fines y propósitos egoístas. Ellas, que fueron creadas para entendernos, ahora solo generan confusión. Pero tarde o temprano las recuperaremos para volver a entendernos, para encontrar la verdad y describir la belleza que emana de todas ellas. Ese día se os caerá el manto y mostraréis lo que en realidad sois. Nada.

Farsante

Lejos quedan los miedos de la infancia, cuando por primera vez mentiste de forma consciente, con propósito e intención. Ahora que has llegado a la cima esto te parecerá un juego de niños, que tan bien aprendiste y que tan buenos resultados te ha dado. Pero hay una verdad por encima de todo, a pesar de ti y de gente como tú, que habéis crecido en la desfachatez y la mentira. Instalado en el poder, has naufragado en tu propia miseria y ahora esta verdad te interpela, farsante.

Insomnio

No podía dormir y salió a la calle. La noche le envolvió. El clima era seco; la temperatura, agradable. Las terrazas estaban llenas, la música sonaba por todas partes, las luces iluminaban las calles y situaban la ciudad en el mapa. Dos parejas se besaban al lado del puente y la luna dejaba un rastro luminoso en las plácidas aguas del río. Se sentó y pidió un vaso de vino. La vida siempre está ahí y te va dando oportunidades. Bebió un sorbo y sonrió.

La gota

Los inmensos ventanales filtraban los primeros rayos de sol y el agua de la piscina se ofrecía clara, nítida y transparente. Bajé las escaleras poco a poco, como cada día, y me dejé caer suavemente. Apenas empecé a nadar ocurrió algo extraordinario. Una gota de agua se pegó a mi oído izquierdo. Como si llevara auriculares, una voz empezó a hablarme. En un primer momento me asusté, pero como me hablaba con absoluta calma y serenidad seguí nadando y escuché. «Me dirijo a ti porque tengo necesidad de expresarme. Hoy me he enterado de que esta tarde van a vaciar la piscina para renovarnos. No sé dónde iremos a parar, pero no tardaremos mucho en evaporarnos y juntarnos para formar una nube donde viajar temporalmente. Cuando vuelva de nuevo a la vida líquida me gustaría renacer en el mar. ¡Me han hablado tanto del mar! ¡Me han contado cosas tan bellas, excitantes y apasionantes! Soñar que viajas por extensas llanuras, que te sumerges en grandes profundidades, que albergas a millones de peces de todas las especies y, cuando te apetece, te tomas un descanso en la arena de la playa de una isla solitaria. Sé que la evaporación me producirá severos cambios que afectarán mi individualidad, pero prefiero no pensar en ello. Tengo una pasión, un sueño: el mar». Salí del agua, me vestí rápidamente y me fui a casa. No sé si esta noche podré dormir. Llevo toda la tarde mirando al cielo, observando las nubes.

Un instante, una vida

Recuerdo perfectamente la hora, el día y el lugar de aquella tarde de verano. Había estado tomando el sol en la playa y me dirigía hacia mi coche, que quedaba justo detrás de una arboleda, cuando le vi. Estaba sentado en el suelo, sosteniendo la cabeza con ambas manos. Al mirarnos me llamó la atención la enorme tristeza y dolor que desprendían sus ojos. Un impulso me guio y le pregunté si podía ayudarle. Me señaló el suelo, a su lado. Y me senté. Con voz apagada, me dijo que no me asustara, que se estaba muriendo y que, por favor, le escuchara. Aquel joven, ya moribundo, me resumió su vida, condensada en un relato de apenas cinco minutos que brotaba desde lo más profundo de su ser. Al terminar se sacó del bolsillo un papel arrugado, escrito a mano, y me pidió que se lo leyera. Empecé. La voz se me rompió, pero seguí leyendo y llorando. Al terminar nos abrazamos. Fue un abrazo tierno, fuerte, especial, con una intensidad que jamás he vuelto a sentir como la sentí aquella tarde de verano. Poco a poco sus brazos se fueron aflojando y resbalando lentamente hasta que dejó de respirar. Le dejé tumbado en el suelo de hierba y arena. Le puse la nota en un bolsillo, le cubrí con mi toalla y fui a buscar ayuda con un sosiego como nunca había tenido antes. La luna había reemplazado al sol, una suave brisa mecía las ramas de los árboles, el suelo se humedecía, el aire olía a mar y la vida seguía allí, ofreciéndose con complicidad.

De remate

Llegó a su casa muy molesto. Había reaccionado muy mal, pero era la segunda vez que Juan le llamaba tonto y esto le daba muy mala espina. Lo primero que hizo al llegar fue consultar un viejo diccionario, que había sido de su padre. Buscó con ansiedad la palabra tonto. Leyó: «Falto de malicia». «¿Y qué es malicia?», pensó. Leyó: «Que no tiene maldad». Se sobresaltó. Mañana sin falta le pediría disculpas.

El salto

Estaba a punto de saltar cuando ella entró. Llevaba un bañador rojo con ribetes azules. Ella le miró y él saltó. La cabeza golpeó el trampolín y cayó de espaldas al agua. Un grito unánime de terror acompañó su caída. Ya fuera del agua, unos labios carnosos pegados a los suyos le insuflaban vida en forma de aire y el cuerpo cubierto con el bañador rojo con ribetes azules le transmitía energía. En realidad, el salto no había estado tan mal, pensó.

Soluciones

Cada tarde se detenía, durante horas, delante del escaparate y observaba un cuadro expuesto en el centro. Para sacarle de su abstracción, la familia compró el cuadro y lo colgó en su habitación. Días después volvió a hacer lo mismo en el mismo escaparate. Esta vez se trataba de una joya. Y se la compraron. La familia habló con el dueño. Le pusieron una silla en la calle y cada dos meses le cambiaban el objeto que provocaba su admiración.

Demasiado largo

Le puso algo de comida y bebida al perro y encendió el ordenador. Mañana tenía el discurso de apertura del certamen y tenía que ensayar. Al finalizar consultó el reloj: una hora y cinco minutos. «Demasiado», pensó. Justo delante de él, el perro, erguido, sostenía la correa con los dientes. Ya en la calle, lo acarició mientras le susurraba: «¿Te ha gustado?». El perro se dirigió hacia un árbol y levantó la pata trasera izquierda. «Cierto, demasiado largo», se dijo.

El máster

Tenía que presentar un trabajo sobre la indigencia para el máster que estaba estudiando. Después de valorar varias alternativas optó por establecerse durante dos o tres semanas como uno más de los que pedían limosna en el casco antiguo de la ciudad. Escogió una esquina y le explicó al mendigo que se instalaría a su lado, en el bien entendido de que todo el dinero que recogiera se lo daría a él. Este, a su vez, le dio tres consejos: que no se lavara, que vistiera ropa sucia y que adoptara un gesto de desesperación y tristeza. También ayudaría disponer de un pequeño letrero indicando su situación y/o acompañarse de un perro. No le hizo caso. Se puso ropa modesta pero limpia, cogió un pedazo de cartón y escribió: «No puedo pagarme los estudios. Ayuda, por favor», y se fue a la esquina, donde le esperaba su nuevo socio. El primer día ya recaudó cinco veces más que él, cantidad que incluso llegaría a multiplicar por diez. A las tres semanas se despidió, con mucha pena por parte de su compañero de trabajo. Por descontado que aprobó el máster, con un sobresaliente *cum laude*. Meses después se fue paseando hasta la esquina de la callejuela del casco antiguo. Allí estaba su exsocio, vestido y aseado, con un letrero que decía: «Tengo dos hijos y no puedo pagarles los estudios». Se detuvo delante de él y observó que el bote estaba lleno. Se intercambiaron un gesto de complicidad y siguió su camino. A la gente le gusta dar el dinero para proyectos, no a fondo perdido.

Café literario

Aquel verano había leído, con entusiasmo, el libro póstumo de mi escritor de cabecera. Una mezcla de realidad y ficción donde se podían identificar los lugares que acostumbraba a frecuentar. Se dio la circunstancia de que por primera vez en muchos años me había quedado solo y podía decidir qué hacía con mis vacaciones. Impulsado por mi última lectura, decidí viajar a Viena con la prioridad de visitar los suntuosos cafés donde, a principios del siglo XIX, la literatura brilló con luz propia. Después de inscribirme en el hotel me dirigí directamente al Café Central. Subí los tres peldaños y crucé el dintel de la puerta que separaba el mundo de hoy y me adentré en el de ayer. Las paredes y columnas de mármol y madera permanecían ajenas al paso del tiempo mientras un pianista, con aire distraído, interpretaba las canciones de siempre. Delante de mí, inmortalizada en madera pulida, se erigía la figura del maestro, sentado en la mesa que solía ocupar y de donde surgió la mayor parte de su obra. Podía imaginarlo hablando de la que sería su novela cumbre, aquella que salió a la luz cuando sus ojos ya se habían apagado, de la que no pudo disfrutar de su reconocimientos, ignorando que el patrimonio cultural de la humanidad se lo agradecería de forma eterna ante su injusta ausencia. Busqué una mesa cercana y me dejé transportar por el tiempo. La música seguía sonando, pero el ambiente se había llenado de palabras que, enlazadas entre sí, flotaban en el aire y lo llenaban de sentido. El pianista había dejado de tocar y era el *adagio* de Gustav Mahler quien me acompañaba en mi corto viaje. La atmósfera me envolvió y perdí la noción del tiempo hasta que la luz dejó de filtrarse por los cristales. Bajé los tres escalones envuelto en el manto de la melancolía. Cuando alcancé la calle, la brisa nocturna me devolvió a la realidad y una sensación de mediocridad empobreció mi espíritu. Fugaz. «Te volveré a leer», le dije. Miré hacia atrás. Una ojeada.

Una calada

Salió a fumar un cigarrillo en la entrada del bar. «Parece que no lloverá; quizá mañana», le contestaron. «Pues me fastidiaría, porque mañana me caso». «Enhorabuena». «Es la tercera vez». «Felicidades». «Todas con la misma mujer». «Pues no es frecuente, ciertamente. Deben de tener una carácter muy especial». «Bueno, ella es una obsesiva y yo, un impaciente». «¿Y eso qué supone?». «Pues que ya estamos pensando dónde celebrar la cuarta». Echó una calada y soltó el humo.

Hora de comer

Se detuvo en un pequeño pueblo justo al empezar el valle. Iba a preguntar la hora cuando observó un reloj de sol en la pared del ayuntamiento. ¿Signos ancestrales de épocas pasadas? ¿Un desafío a la modernidad? Quizá ambos. El cielo se estaba nublando y el tiempo se fue. Sonrió. Le entró hambre. «¿Qué hora debe de ser?». No importa; el tiempo biológico no entiende de relojes. Hora de comer.

Olvidar

La vio entrar en el local y tomar asiento en una mesa del rincón. Lucía la misma sonrisa. Guapa, elegante. Andares de princesa, mirada felina. Cruzó sus maravillosas piernas y movió la cabeza con la misma gracia y soltura de siempre. Derramó el vaso, se manchó la camisa. Maldito café. ¡Había tardado más de un año en olvidarla! ¿Olvidarla? Buscó una tarjeta en la cartera. Leyó: «Psicología, yoga, meditación». Marcó el número.

La realidad

La primera vez que lo leyó tenía dieciocho años. Desde aquella temprana edad lo había ido leyendo con cierta regularidad. Siempre le pareció un relato lleno de contenido y resistente al paso del tiempo. Ahora, en la etapa de la vida en la que el futuro no admite demasiados proyectos, lo ha encontrado anodino, desfasado. Lo ha cerrado con un gesto de desaprobación, al mismo tiempo que el enorme espejo del salón le mostraba la imagen que el libro nunca se atrevió a mencionar.

Desconectado

Un buen día, sin haberlo comentado con la familia ni los amigos más allegados, Jesús Ramírez decidió no comprar más el periódico, cancelar las suscripciones, regalar el aparato de TV y no escuchar más la radio. Ni que decir tiene que en aquel momento causó sensación en el vecindario. La mayoría apostó por un trastorno pasajero. Ahora frecuenta bibliotecas, filmotecas, salas de arte y se le ve pasear por el parque con un libro en la mano, sin dar muestras aparentes de alienación.

Autoestima

Llevaba varios meses y no había conseguido establecer ningún contacto firme ni, por supuesto, ninguna cita. Enojado, decidió efectuar algún cambio. Se compró una peluca, se afeitó, se pintó los labios, se arregló las cejas, se hizo un selfi, escogió un nombre de mujer y lo colgó en la red. Cuando volvió a conectarse tenía el ordenador colapsado. Todos le pedían lo mismo y a todos les dijo que no. Aquella noche se fue a la cama con la autoestima como nunca la había tenido, por las nubes.

El paseo

El paseo, que había sido su cobijo durante un tiempo, se había abierto y el sol asomaba por entre las ramas de forma tenue hacia el suelo duro de la ciudad. Una ligera brisa se había levantado y un montón de hojas secas, recién emancipadas de las ramas que las habían alimentado y sostenido, le mostraron, en un rosario de colores, el camino hacia el ocaso.

La nota

Se levantó de la mesa, se despidió con un suave beso en la boca, se atusó la falda, se tiró la melena hacia atrás con un gesto, recogió su bolso y se lo colgó del hombro. Se dio la vuelta y empezó andar lentamente, con aquel vaivén tan especial suyo, hasta desaparecer por la puerta. Una sensación de bienestar le invadió. Leyó la nota que le había dejado: «Acuérdate de hacer los encargos que te he dicho. Besos».

Ser mendigo

Como los ángeles al caer el sol, en la oscuridad de la callejuela, el mendigo sostenía las monedas con la mano extendida en forma de recipiente. La paliza fue tal que las monedas y un par de dientes iniciaron un macabro baile hacia los ávidos agujeros de la alcantarilla, desapareciendo de su vista junto con unas gotas de sangre que se apresuraron a acompañarles como quien echa tierra a una tumba.

El alimento del alma

Las pisadas en la playa parecían buscar mares de joyas; los caminos angostos y sinuosos, senderos de felicidad; las calles estrechas y oscuras, valles de blancas rocas; el color púrpura de las nubes otoñales, sábanas protectoras; las montañas parecían alcanzar el cielo y los ríos que las alimentaban, espejos donde mirarse. Su vida podría haber sido un lago de aguas claras, un estanque donde la calma se habría instalado para siempre. Sin embargo, su alma no encontraba el alimento suficiente para incorporar la belleza que le rodeaba, como un pozo del que nadie bebe, como no darse cuenta a tiempo de que en ningún lugar hay mundo más que dentro.

El presente imperfecto

El pasado nos golpea la puerta de la conciencia a su libre albedrío; unas veces para advertirnos de posibles peligros, otras para sumirnos en un estado de melancolía ora deliciosa, ora dura y cruel. Hoy no he tenido fuerzas para cerrarle el paso y he dejado que me poseyera y, en un abrir y cerrar de ojos, las emociones y recuerdos más dispares se han apoderado de mí. Cuando conseguí zafarme, me di cuenta de que el presente no era más que un muñeco en manos del pasado y el futuro, una vana ilusión, un ágape, una comilona diseñada por y para el pasado.

Madre

Ella siempre estaba allí cuando los fantasmas se desvanecían. Acudía con una tierna sonrisa y una caricia en la mano, que encendía un nuevo día y apagaba todos los temores nocturnos. Como una capa protectora que solo se desvanecía al salir a la calle, como si toda la casa fuera el útero que te albergó y lanzó a la vida. Solo con el paso de los años te das cuenta de que la madre naturaleza tiene forma humana y viste de mujer. Y es a esa mujer, la que te prestó su cuerpo, que te alimentó con su sangre y cuidó cuando estabas indefenso, a quien debes dar las gracias por todo y pedirle perdón por lo que le puedes haber negado o lo poco que le has reconocido. Madre.

Lágrimas de amor

Entregaste tu corazón y ahora tus ojos lloran mares de agua helada, que se funden como icebergs al desprenderse de la pupila materna y se deslizan sin rumbo, en un lastimero intento de encontrar cobijo y consuelo, como un riachuelo que no acaba de encontrar su destino. El dolor del alma tiene un sabor amargo cuando, fruto del amor sin condiciones, la depositaste con cariño y ahora te la han devuelto. Molida por el desprecio y el desdén la han dejado caer para que recojas sus pedazos. Las lágrimas fluirán hasta que el alma vuelva a ser la de antes, con la esperanza de que la herida no haya sido profunda, el orgullo se haya restablecido y puedas, en otro acto de amor y generosidad, entregarla de nuevo con la misma ilusión de la primera vez.

Ahora o nunca

Espero que de hoy no pase. He estado toda la mañana en casa, ensayando delante del espejo. No, el del baño no. El del armario, de cuerpo entero. Me he puesto mi mejor traje, la camisa azul a tono y la corbata más *sexy*. He pensado que es mejor sentarme a tu izquierda, puesto que me ha dado la sensación de que tengo un lado más interesante que el otro. No hay que descuidar la sonrisa, aunque, a mi modesto modo de ver, me ha parecido poco menos que irresistible. Creo que debo moderarla para quitarle frivolidad al encuentro. Los zapatos. Sé que a muchas mujeres os encantan los zapatos y son de las primeras cosas que miráis, después de los ojos y las manos. He preferido el tono marrón antes que el negro brillante; creo que tienen más personalidad y dan un aire de madurez adecuado para la ocasión. El pelo tal cual; peinado, pero no demasiado, liberando algún mechón para dar este aire descuidado y seductor a la vez. He tenido el atrevimiento de no afeitarme los tres últimos días para dar un toque informal y, por qué no decirlo, masculino. Una mano en el bolsillo del pantalón y la otra no estirada del todo para dejar ver los puños de la camisa y los gemelos que heredé de mi padre. Por último, y no menos importante, dos toques sutiles de colonia *eau pour home* a cada lado del cuello por si acontecieran las distancias cortas. El discurso de introducción, sencillo pero directo. Empezaremos con un «hola, creo que nos conocemos. ¿Puedo sentarme?». He llegado primero a la terraza donde sueles acudir cada tarde a esta misma hora. Escojo una mesa cercana a donde te sueles sentar, pido el periódico e intento hacer como que leo. El tiempo se hace lento y espeso; las consultas al reloj, compulsivas. Ya llevo dos visitas al servicio y he terminado la consumición. Cuando voy a pedir una segunda copa de vino tinto apareces de repente, más guapa que nunca, te plantas delante de mí y sin apenas mirar me sueltas: «¿Está libre la silla?». «No —balbuceo—, espero a un amigo».

Todos los colores

La ceguera que le detectaron días después de nacer le impediría la visión, pero le desarrollaría el sentir. Cuando supo que el mundo lo habitaban personas de diferentes colores le despertó su curiosidad. De todas las razas que habitaban la Tierra, le sorprendió vivamente que una de ellas pudiera ser de color negro, puesto que él se lo había imaginado como la ausencia de color. Desde aquel día su gran ilusión fue viajar al continente donde vivían y de donde procedían las personas cuyo color no existía. Apenas bajó del avión y pisó el suelo le invadió la primera singularidad de aquel color: el olor tan diferente, tan desconocido y tan poderoso. Un olor penetrante y variado que flotaba en el aire en cada pueblo, en cada aldea, en cada casa, en cada persona, tan igual y tan distinto en cada sitio. En el aire flotaba también la música, la percusión como instrumento de manifestación de sentimientos, pero también de comunicación de un pueblo, de una raza, de un continente. Bien pronto fue capaz de identificar los lugares, las personas, las comidas, las aldeas. La música, el olor y el contacto con las personas enriquecieron su mundo, multiplicaron sus conocimientos y le ayudaron a entender aún más la riqueza humana y cultural de los pueblos que habitan la Tierra. Y en el negro encontró la manifestación de todos los colores: África.

El momento oportuno

Hacía tiempo que había dejado de amarla y muchas veces había intentado decírselo, pero después de tantos años juntos le sabía mal, le daba pena. La veía tan feliz que tenía miedo de arruinarle la vida. Por más que lo intentaba, nunca encontraba el momento adecuado; pero aquel día, cuando entró en la habitación, al verlos a los dos desnudos en su cama, pensó que era la ocasión propicia.

Las alas de la mariposa

Se había sentado en un banco del jardín, después del paseo matinal, cuando de repente le llamó la atención el vuelo chispeante de una mariposa. Como si quisiera satisfacer su curiosidad o mostrar su destreza, la mariposa incrementó su actividad y, en vuelos cortos, precisos y preciosos, fue depositando y recibiendo polen en cada una de las flores que visitaba, entre paisajes distintos y relucientes. Las alas de la mariposa parecían mezclar los colores como lo haría la paleta del pintor, distribuyéndolos a su antojo en busca de la belleza, de la perfección. Alargó la mano y, en un gesto inusual, la mariposa se posó encima de la palma, juntando sus alas en una muestra de confianza y complicidad. «La belleza está en la naturaleza», pensó mientras acercaba su mano para contemplarla más de cerca, pero la mariposa no aceptó la propuesta, extendió sus alas y reanudó su lúdica y fructífera actividad. Primero fue en una rosa donde compuso una maravilla de espectáculo policromático de una belleza singular, que se acentuaba en cada vuelo, a cada salto y en cada flor, hasta desaparecer de su vista en un elegante vuelo de despedida. La belleza es efímera, fruto de instantes sublimes que no se dejan atrapar, pero esa fugacidad es la que hace que la búsqueda sea belleza en sí misma. Mientras se deleitaba en recordar el sublime espectáculo que había contemplado, se fue corriendo hacia la casa, se hizo con el pincel, cogió la paleta y se dirigió hacia la tela que le esperaba en su hasta entonces oscuro estudio. Allí, guiado por una fuerza interior fuera de lo común, colmó la tela de colores como había hecho la mariposa mezclándose entre las flores antes de su vuelo final de belleza extrema, que ahora se disponía a inmortalizar.

Embriaguez

La puerta estaba entreabierta, dejando escapar el olor penetrante y seductor de un perfume. La empujó suavemente y allí estaba ella, cubierta con un lienzo blanco que insinuaba su desnudez. Una luz tenue dibujaba su cuerpo y la humedad de la fragancia inundaba la habitación. La mujer se volvió en silencio, con un gesto dulce. Sus miradas, embriagadas por el aroma, ahogaron las palabras y fundieron los sentidos; dio un paso al frente y la puerta se cerró a su espalda.

Como el aire

El alma es como el aire; está siempre ahí aunque la parta un rayo, se estrelle contra el suelo o las ramas de los árboles se empeñen en cambiar su curso. En cada partícula existe como totalidad. Es la misma que se hizo presente en el primer sollozo, la que nos puso en contacto con el mundo y la que dio sentido a nuestros actos hasta que abandonó el cuerpo que la albergó entera, tal como entró, en un último aliento, en silencio, con un suspiro que cierra una vida.

Leerte

Leí en tus labios promesas de amor que de forma imperceptible, desde lo más profundo, llenaban páginas enteras de ti, en mí, del mundo.

Como un caleidoscopio, en cada parpadeo mostraban mil combinaciones de colores dispuestos de forma cambiante, distinta, a cuál más bella e ilusionante. Tu cuerpo fue el braille que me enseñó a leer y escribir y tu piel, el manuscrito donde el amor mostraba toda su desnudez, sustituyendo por un instante lo que las desvalidas palabras no sabían explicar. Leí en cada uno de los rincones de tu cuerpo mientras, sin apenas darme cuenta, me enriquecía en esta especie de juego de entrega sin más límites que nuestra pasión dibujaba. No me habría cansado de leerte y volverte a leer. Cada vez que nos veíamos aparecían más y más páginas que despertaban mi avidez y en cada encuentro los límites se ampliaban y se alejaban hasta mostrarse inalcanzables, como si nuestro relato no tuviera fin.

Ahora que te has ido, cuando en la soledad de mi habitación la tristeza me embarga, alzo la vista y veo la luz de tus ojos, que flotan en la oscuridad, y a caballo de tu mirada viajo hasta los lugares más recónditos, que me recuerdan todo aquello que aprendí cuando tuve la oportunidad de leerte.

Un nuevo día

Entró en el bar de la esquina y pidió un café. Había dormido poco y la resaca de un amor recién acabado no era la mejor manera de empezar el día, que apuntaba lluvioso y gris. A pesar de todo, estaba satisfecho. Lo que no anda es mejor acabarlo y quedarse con los buenos momentos. «¿Necesita algo más?». Era una mujer joven, con una mirada tierna, unos ojos bellísimos y una sonrisa acogedora. «Nada más, ¡gracias!». Salió a la calle; el día había mejorado mucho y lucía el sol.

El aura

Hubo un tiempo en que la escritura reflejaba una parte de ti, de tu manera de ser. Eran pedazos inalienables de ti, arte en sí misma. Los rasgos que profanaban el blanco papel, los movimientos inconscientes que guiaban tu mano, cada letra, cada signo, cada palabra no tan solo daban vida al relato; también te hacían único, reconocible, distinto a los demás. Ahora la escritura ha perdido su aura y tú, autor, tu momento de autenticidad.

Decíamos ayer

Se sentó en una terraza de verano y estuvo hasta muy tarde dando vueltas sobre lo que eran en realidad el erotismo y la pasión, el hombre, la mujer o ambos, en un soliloquio que se encerraba en sí mismo y no ofrecía respuestas. De repente apareció ella y se sentó justo en la mesa de enfrente. Blusa blanca, falda gris a cuadros como la chaqueta, medias negras, tacones altos y un bolso marrón colgado del hombro derecho. Cruzó las piernas con soltura y elegancia a la vez que, con este arte femenino inigualable, atusaba las medias, hacía bascular la pierna y, con absoluta naturalidad, encendía un cigarrillo, se arreglaba el pelo y le dirigía una tentadora mirada de mujer, a la que él respondió con un gesto nervioso. Desvió la mirada, pidió la cuenta, tiró un par de sillas, se dio un golpe con una mesa y se fue. Mientras deambulaba por la calle, intentaba recordar en qué punto había dejado su monólogo sobre el erotismo y la pasión.

Fantasmas

Todavía recuerdo aquellos días de mi niñez, cuando desaparecíais por la mañana, huyendo de la luz, después de que con vuestros propios miedos me habíais tenido inmovilizado en la cama. Os habéis transformado; ahora sois de carne y hueso, diurnos o nocturnos, qué más da. Ya no os intimida la luz. Dueños y señores de la sociedad y las personas, nos tenéis dominados, amparados por las leyes que vosotros mismos redactáis en nombre de la verdad y la razón.

Inspiraciones nocturnas

La noche era apacible y clara, la luna se confundía con las estrellas que inundaban el cielo. El silencio dañaba los oídos y no había más ruido que el resonar de mis pensamientos. Acaricié el lomo de mi gato, que, a su manera, parecía comprenderme. «La mayoría de las estrellas que vemos —le dije— murieron hace miles de años». Ni se inmutó. «Será porque tiene siete vidas», me dije. Y seguí mirando al cementerio luminoso.

Microrrelatos negros

Se disfrazó de urraca y, antes del baile, fue a dar un paseo por el bosque. ¡Ya le advertimos! Un solo disparo, limpio, le atravesó la nuca. No dijo ni pío.

~

El esbirro recibió la orden: «¡Córtale los dedos uno a uno!». ¡A él, que lo había hecho tantas veces y que nunca le había dado mucha importancia!

~

Murió en la cama como los hombres, en plena erección. La mujer no entendió el estruendo ni el alarido ni el chorro de semen rojo ni el humo del arma. «Menudo polvo», dijo.

~

El cocido estaba frío pero muy rico. Hasta que encontró los ojos. Se levantó y corrió hacia la habitación. ¡Él, que siempre le había dicho que se la comería a besos!

~

Colgando por los pies, desde el último piso del rascacielos, entendió por qué su madre siempre le decía que debía tocar de pies en el suelo.

~

Rubia platino, ojos azules, sonrisa angelical, cuerpo desmesurado, andares de reina y un corazón que bombeaba veneno. Escupió un par de veces, pero ya era tarde.

Eterno retornar

Las olas se posaban en la arena una tras otra con insistencia. Los pies desnudos parecían diminutos diques para contenerlas en su afán de querer ir más allá. Tumbado en la humedad de la recóndita playa, paseó su mirada por el entorno y se detuvo en la línea del horizonte, como si fuera capaz de ver más allá de lo que nos está permitido. Hipnotizado por la belleza del lugar, quedó sumido en un profundo sueño y la mente, libre de ataduras y sin propósito aparente, se dejó llevar por la imaginación, que se hizo dueña del momento y le trasladó más lejos de lo que alcanzaba la vista. Surcó mares en busca de la fortuna en otras playas, en otras costas, en islas perdidas y emprendió el vuelo hacia lo desconocido, atravesando gruesas nubes que, sostenidas por hilos invisibles, contemplaban el vuelo del viajero en su sueño. Una ola más cargada de energía que las demás acarició sus pies descalzos y le sacó del mundo imaginario, depositándolo en manos de la realidad. Se limpió la arena de los pies y salió de la playa. Mientras recobraba el sentido de lo inmediato, volvió la vista atrás. La línea del horizonte se mantenía firme, señalando el límite, donde los sueños empiezan y acaban en su eterno retornar. Miró al frente y echó a andar.

De nuevo

Se levantó de la cama sin hacer ruido; la habitación estaba a oscuras, pero por la ventana entraba un rayo de luz que iluminaba el cuerpo femenino. Se puso de pie y contempló la belleza desnuda que se ofrecía a sus ojos, deteniéndose en cada rincón de su cuerpo, sin prisas. Las piernas abiertas y la ausencia de vello le invitaban a repetir. Justo en el momento ella se dio la vuelta y le abrió un nuevo mundo por explorar; unas nalgas salientes y poderosas que desprendían placer le dieron un último empujón. Se acercó, la rodeó con sus brazos y se pegó a su cuerpo. Puso sus manos en dos vigorosos pechos y le susurró unas palabras al oído. Ella se volvió y se ofreció de nuevo.

La decepción

Queridos Reyes Magos de Oriente:

Hace exactamente sesenta y tres años que empecé a redactar la que sería la última carta que os escribiría. Me encontraba en la cocina con mi madre, que limpiaba los platos, acompañados en silencio por la escasez que impregnaba el ambiente y los muebles que olían a humildad. Más que una solicitud, lo que os hacía era una súplica desesperada que alimentara mis sueños y aliviara los de mi familia. Os otorgué poderes que ni a los reyes os son dados, en los que volcaba mi mundo de necesidades e ilusiones, lo que necesitaba y lo que quería, para mí y para todos. Haciendo gala de mi (decían) caligrafía clara, grande y rica, estaba dispuesto a hacerme entender, llenando páginas enteras hasta llegar al final, si lo había. Ante este aluvión mi madre salió en vuestra defensa y, echando mano de la siempre abrumadora realidad, me bajó del reino de los cielos a la arena terrenal y me lo contó todo de forma rápida, breve. Bien mirado, no era largo de contar, pero restalló en mis oídos seco, como un latigazo, y doblegó mi mente infantil.

Recuerdo con claridad que no aguanté el impacto de la noticia y lloré desconsolado, como llora una criatura ante lo inevitable en la que, probablemente, sea la primera de las grandes decepciones que la vida, a veces bella, a veces cruel, nos tiene reservadas.

No recuerdo qué os pedí ni lo que me trajisteis, pero aquella fue la Navidad del desencanto y la resignación. No os guardo ningún rencor, puesto que durante un tiempo llenasteis mi corazón de esperanzas en un ser (o seres) superior que amparaba a los que menos tenían. Este sueño recurrente al que se aferran inútilmente los más necesitados. Y así siempre y más. Con el paso del tiempo aprendí que no sois final de nada, sino principio de todo y que la realidad no es más que un sueño que se desvanece como lo hacen las estrellas en las galaxias, que nos siguen iluminando mucho tiempo después de su desaparición.

Gracias por lo que me disteis mientras duró. Con afecto.

Espejismo

Desde la terraza se podía ver la piscina y, más allá, el mar. Se había levantado una ligera brisa y temió por su velero. Debería comprobar el amarre. Una rubia platino se sumergía bajo la cresta de las olas. Bebió un sorbo de *whisky* mientras contemplaba su deportivo, que brillaba como una luz que oscurece su entorno. «Papá, para. ¿Qué haces? ¡Me está entrando jabón en los ojos y el agua sale fría! ¡Y cierra la ventana, que la calle huele mal!».

La pregunta

Serían las diez de la noche. El parque iba a cerrar cuando saltó la pregunta: «¿Cuando dices que me amas qué quieres decir, a qué te refieres?». «Pues que estoy muy bien contigo». «¿Solo eso?». «Mujer, pues que también estamos muy bien en la cama». «Ah, ¿es esto? Sabía que tarde o temprano saldría. Así que, para ti, amar equivale a sexo, a pasártelo bien en la cama». «También me gusta tu sonrisa». «Ahora arréglalo. El amor es mucho más que esto». «¿Ah, sí? ¿Qué?». «Pues muchas más cosas». «Perdonen, vamos a cerrar». «Ya nos íbamos. Gracias y disculpe».

Una mirada

Desde la ventana del avión contemplo la ciudad, cómo me aleja de ti, acompañada de unos besos robados de vino y música donde descubrí la vida que hay en ti a través de tu mirada. No nos habíamos visto antes; apenas unas conversaciones y mensajes furtivos que me hicieron soñar en lo posible. La belleza de tus ojos engrandece tu mirada entre tierna y firme, es el guardián de tus emociones, la que tiene la llave de acceso a tu alma, es tu música, eres tú. La que me mostró quién eras y de quién me enamoré, de lo que vi, y con esta sensación que alimentaba mi ilusión disfruté de una noche inolvidable hasta que mis ojos se apagaron. Cuando desperté todo se había desvanecido y convertido en un sueño, una ilusión. Tu mirada se había endurecido, tus ojos se habían encerrado en una jaula impenetrable. El piloto anuncia que vamos a tomar tierra. El mar es ya una barrera que me separa de ti de forma definitiva. Pero a pesar de todo, mis sentidos no me engañaron, no fue un sueño. Tu mirada fue, es y será la melodía que me une a ti. Y es a través de ella que te soñaré para siempre.

El primer baño

Las pisadas se hundían en la arena caliente y le hacían acelerar los pasos. Debería acomodarse a la baja temperatura del agua, que, junto con el olor de la sal, la transportaba de nuevo al mar después de un período de tiempo que se le había hecho eterno. Las olas besaron sus pies y cambiaron la aridez de los granos por la humedad compacta donde podía observar sus efímeras huellas. Poco a poco, paso a paso, a medida que el nivel del agua iba subiendo, un frío agradable recorría la espalda y la piel se estremecía de placer ante la novedad. Sin pensarlo dos veces, en un gesto repentino, se lanzó de cabeza y atravesó la capa de agua salada, incrustándose en las entrañas del mar, que, generoso, la acogió en su mundo de silencio. Cuando emergió, una suave brisa acariciaba su piel y hacía ondear su cabello al viento como si de un estandarte se tratara. Al mismo tiempo el cielo pintaba el horizonte de azul, el sol primaveral le daba la bienvenida y le anunciaba la llegada del verano bajo la atenta mirada del mar, siempre igual, siempre distinto.

Un lugar en el mundo

Volvía a casa después de un pequeño trabajo por unas pocas monedas. Iba a entrar en su domicilio cuando oyó el llanto de un bebé. Entre los contenedores lo encontró con el cuerpo morado, agitando brazos y piernas, reclamando atención. Lo cogió en brazos, le besó las manos, los pies y la frente. Entró en su piso, lo puso encima de la cama y lo abrazó hasta que los dos se quedaron dormidos. Cuando la aurora entró por la ventana, al bebé, sin saberlo, le estaba haciendo un lugar en el mundo.

Ciego

Tú, que durante tanto tiempo fuiste la luz que iluminaba el alba y brillaba en la noche, eras el báculo que me sostenía, el oráculo que me guiaba y el lecho que me arropaba. Ahora que te perdí voy ciego por los caminos para encontrar a alguien a quien contar lo indigno que fui de ti.

Una esquina

La pobreza me colocó en la esquina en contra de mi voluntad. Me acomodé en un rincón e hice de la pared mi sostén, en el que me apoyaba para no desfallecer. Cuando de pronto apareciste, el silencio fue la música que llenaba de sueños mi existencia. Viví de aquel instante diario durante mucho tiempo, hasta que dejaste de pasar y dejé de soñar y dejé de respirar.

La calle

La calle había sido todo para él. De pequeño la veía ancha, alegre y llena de vida y de mayor se le hizo estrecha, incómoda, con atardeceres sombríos y amaneceres tardíos.

Con el tiempo, un insoportable olor a humedad se apoderó del ambiente. Una mañana, sin proponérselo, dejó de salir, se sentó en el balcón y observó cómo la suciedad empezaba a impregnar el suelo y ascendía por las paredes. Anochecía cuando entró en la casa, se sentó en la cama, cerró los ojos y se puso a recordar.

Luces que no se apagan

Ha pasado un tiempo razonable, suficiente para hacer balance de lo que me ha sucedido desde aquella tarde noche en una encantadora plaza de la ciudad, bajo la presencia de las estrellas, en medio de una ligera y cálida brisa que nos envolvía. Donde me hablaste de tu decisión irrevocable de dejarme, de que me fuera de tu vida, sin apenas darme la oportunidad de expresarme. Ha transcurrido un tiempo razonable para olvidar el rencor, pero insuficiente para apagar tu luz, que me sigue llegando tan brillante y cálida como siempre me llegó.

La última estación

La llama ardiente chispeaba en el fuego del hogar, las paredes de madera de la casa acogían el calor que desprendía mientras, por la ventana, la nieve transmitía un frío glacial que le retenía en el sofá, donde un libro le evocaba mundos por los que había transitado, caminos llenos de huellas a cuál más profunda, emociones de toda índole. Y el cuerpo, testimonio del paso de los años, lucía signos evidentes de haber consumido todas las estaciones hasta llegar al invierno de los tiempos.

No sé por qué

No sé por qué, pero hace tiempo que no leo un buen libro. Varias veces lo he tenido en la mano, incluso he llegado a abrirlo. Hoy lo voy a intentar de nuevo. No por la tarde, porque es la hora de la siesta. Antes de cenar tampoco porque me entra un hambre terrible. Por la noche, después de cenar, voy de copas con los amigos. Y por la mañana nunca me ha gustado leer. No sé por qué, pero hace tiempo que no leo un buen libro.

La vida (ayuda al cáncer)

Ayer me acosté temprano. Era el primer viernes en mucho tiempo. Lo que me había ocurrido durante la semana tampoco había sido habitual, sino todo lo contrario, por desgracia. El lunes me levanté con dolor y noté un pequeño bulto en la espalda. El martes decido acudir al médico y me dice que debemos realizar una prueba urgente. El miércoles me la hago y el jueves me dicen que tengo cáncer de pulmón y que el lunes me van a operar. Mi pareja se desmorona. El viernes me dice que las cosas han cambiado y que necesita alejarse de mí. Es sábado y me he quedado solo en casa, con la sensación amarga de que no merezco lo que me está pasando. Acto seguido pienso que no es momento para el desánimo ni de abdicar, sino de luchar para recuperar la salud. Si el cuerpo y la mente son uno, una unidad, no podía dejar a mi sistema inmunológico luchar él solo mientras yo me escudaba en lamentaciones. Debía afrontarlo, tenía que recuperar mis enormes ganas de vivir, cargarme de energía para luchar por un don tan preciado como es la vida. Cuerpo y mente se reconciliaron y formaron una persona nueva. «Venceremos», les dije. Apagué la luz y me dormí al instante.

Una tarde

Todo empezó una tarde de primavera, cuando el sol se resiste a abandonar su reinado. Sola, con la mirada perdida en el infinito, las piernas desnudas y el cabello oscuro, corto. Toda ella emanaba belleza. Al levantarse, desplegando su figura de líneas perfectas, nos cruzamos y me miró a los ojos. «Hola», le dije. Su mirada cómplice me envolvió, me atrapó y me sometió. Todo empezó aquella tarde de primavera, cuando el sol dibuja nuestra sombra más alargada.

Prueba de amor

«Apresúrate, que vamos a llegar tarde», me dijo. Apreté los dientes, aceleré el paso. Las sillas son incómodas; el silencio, sepulcral y el pánico a un ataque de tos y al carraspeo produce una angustia que me acompaña toda la función. A medida que nos vamos acercando aparecen síntomas de resfriado, catarro o gripe. Tampoco la obra tenía la fuerza suficiente para aislarme, de modo que a la media hora ya había consultado el reloj un par de veces y no encontraba la postura adecuada. Cuando finalizó aplaudí a rabiar, cosa que a ella le sorprendió muy gratamente y me lo hizo saber. Cuando llegamos al restaurante estaba eufórico mientras ella me contaba maravillas de la obra: que el tiempo se le había pasado volando, que la dirección, los actores y la puesta en escena le habían parecido excepcionales, al igual que la mayoría de representaciones que habíamos visto esa temporada. A continuación sacó un folleto informativo del bolso, diciendo que la misma compañía estrenaba dos obras más, y me comentó que ya había comprado dos entradas a buen precio. «Qué bien —le dije—. Me encantará, como siempre». Apenas habíamos empezado a cenar, sin venir a cuento, sonó la frase: «Cariño, ¿de verdad me quieres?». «Claro que te quiero». «¡Pues nunca me das una muestra!». Apuré la copa de vino que me acababan de servir y la miré a los ojos. La noche se presentaba larga y densa.

La noticia

El día que cumplió setenta años convocó a toda la familia. Acudieron todos; los mayores con cierta preocupación, los jóvenes con curiosidad. Una vez en el salón, se levantó con aire solemne y les dijo que iba a escribir una novela. «¿Sobre qué?», preguntaron. «Sobre la historia de la familia», les dijo. Los jóvenes lo encontraron interesante y entre los mayores hubo de todo: unos perdieron el apetito, alguno se fue y otros se desmayaron.

Dónde voy

No sé si fue el aroma del perfume, seco y cálido a la vez, o los cabellos recogidos que descubrían la perfección de su nuca que, partida en dos, sostenía una cabeza esculpida sobre un cuerpo de tal belleza que evocaba la Grecia clásica. O quizás la hermosura de sus hombros o la extrema rectitud de sus brazos, que finalizaban en unos dedos finos y esbeltos que señalaban como si hubiera un más allá. No sé si fue el dibujo del perfil de su cuerpo, que oscilaba y se adaptaba al ritmo del vaivén del semidesierto vagón, o bien sus piernas esbeltas, delgadas y fuertes, sostenidas por unos gemelos que finalizaban en unos tobillos que se prolongaban en unos tacones más delgados aún. No sé qué fue, pero, cuando se volvió para salir, salí tras ella movido por un instinto superior a mi voluntad, arrastrado por unos ojos que como imanes me absorbieron y tiraron de mí como se enlaza un caballo para domesticarlo. Lo último que recuerdo fue el ímpetu de sus nalgas, que a cada paso ponían a prueba la resistencia de su falda en su lucha constante y titánica para mantenerlas juntas. Y aquí estoy, en el andén, consultando el mapa para ver de dónde vengo, dónde estoy y cómo llegar a donde iba.

El vacío

Ahora que había caído en desgracia buscó ayuda desesperado. Apeló a la razón, a los sentimientos, a las emociones, a todo aquello que había despreciado bajo el manto de la intolerancia y el despotismo. Todas las virtudes que ahora reclamaba se habían ido desprendiendo de su alma como bloques de hielo al caer al mar. Sus súplicas solo obtenían como respuesta el eco de sus palabras al rebotar contra las vacías paredes de su conciencia.

Soledad

La soledad había sido su compañera toda su vida y, por mucho que lo intentó, nunca se la quitó de encima. Acudía a todos los eventos, charlas, conferencias, manifestaciones, a todos los actos de masas, aceptaba todas las invitaciones. Pero ella siempre estaba allí. Ahora que estaba en su lecho de muerte solo encontró refugio y apoyo en la soledad, su soledad, que le acompañó hasta el último aliento. Y antes de cerrar los ojos le pidió perdón y le dio las gracias por su compañía.

La neurona del amor

Nací en la mente de un cerebro de dieciséis años y el primer destino que me dieron fue emociones. Allí el trabajo era frenético; tenía que hacer millones de conexiones (sinapsis las llama la directora) con millones de compañeras cada día, lo que me permitió hacer muy buenas amistades. Visto el buen resultado, me trasladaron a la sección del amor. Aquí el trabajo es muy exigente y muchas veces frustrante, pero en los momentos álgidos te permite vivir un sueño, una explosión de alegría. Es un placer ver a las compañeras, cómo les brillan los tentáculos, cómo nos abrazamos, besamos, dibujamos corazones y multiplicamos las conexiones en un acto creativo sin precedentes, en una fiesta de luz y colores. Por el contrario, hay muchas falsas alarmas. Empiezas muchos trabajos y terminas muy pocos. Los hay muy potentes, cortos pero intensos. El problema es que siempre acaban mal y nos quedamos todas muy tristes. Nos duele en el núcleo ver como quedan rencores que pueden durar toda una vida y en cada conexión nos queda un gusto amargo. La mente por la que trabajo es muy dada a enamorarse y con las compañeras comentamos la extrema fragilidad de sus sentimientos. Ayer empezamos a observar otro declive. Las conexiones eran cada vez más débiles y todo lo que había sido luz ahora son tinieblas. Hoy han convocado una reunión de urgencia, puesto que cada vez son más las amigas que fallecen y la calidad de nuestro trabajo se resiente.

Déjale

«Si voy a la cocina, él detrás. En la cama, una hora de sexo. Salgo con amigas y me espera despierto. ¿La tele? Para buscar una peli que me guste. Si se acerca el verano solo piensa en irnos de viaje. Insoportable». «¡Esto con tu padre no pasaba! El mando de la tele solo para él, jamás entraba en la cocina, el que salía era él y volvía bebido. ¿El sexo? Cinco minutos y a dormir. Hija, haces bien, déjale. Como tu padre encontrarás los que quieras».

La ciudad cálida

Estambul es una ciudad ruidosa, monumental, caótica y diversa, que alberga alrededor de catorce millones de personas y más de 2.000 mezquitas. La frontera entre Oriente y Occidente, que el Bósforo abre en canal, es la llave de muchas cosas, el choque de dos maneras de entender la religión y la vida. Una ciudad resultado de la suma de otras ciudades, con una variedad cultural extrema, acumulada por el paso del tiempo y el peso de la historia. Aunque te lo cuenten mil veces no es suficiente, tienes que ir y verlo. Toda la diversidad que puede aglutinar una comunidad humana la puedes encontrar en Estambul en su estado más primario de construcción, ancestral, agresivo e ingenuo a su vez, pero siempre cálido. La pasión turca es la presión constante de su gente, el contacto visual, la proximidad física y el olor. Si no vas tú, vienen ellos. Estamos hablando de la ciudad antigua, la ciudad monumental, orientada a sacar el máximo provecho económico de sus clientes, los turistas. Hablamos de hombres; el género femenino está ausente en esta parte de la ciudad. Pero Estambul no se acaba aquí, no todo es esto. Existen otros lares en su pluralidad, otras realidades menos frívolas, más potentes. La mezquita del Exup está situada en el centro de un barrio islámico, en un entorno mísero, pobre y humilde, donde las casas se mantienen en pie porque se apoyan las unas contra las otras. Pero allí vive gente con orgullo. A pesar de ser un día laborable, los hombres y los niños visten traje y corbata. Las mujeres, con el burka. La mezquita se encuentra al lado de la plaza. Los hombres entran por una puerta y las mujeres por otra, descalzos todos. El imán se dirige a ellos desde el púlpito. No sabes qué dice, pero te lo puedes imaginar. Al finalizar todos se reúnen en grupos en la plaza, sentados o de pie, en silencio, sin ruido, para conversar. Es el núcleo de relación social. ¡Qué distinto! Observando tuve la sensación de que una realidad parecida la había vivido en mi infancia, en mi pueblo natal. Sustituyo la mezquita por la iglesia; los hombres y las mujeres separados, ellas con la cabeza cubierta, todos de rodillas. El sacerdote hablando desde el púlpito, diciendo cosas distintas con intenciones semejantes, y al finalizar todos a pasear, hablar, conversar y a lucir el vestido de gala. Mientras pienso en ello, un niño se detiene delante de mí y me mira con unos ojos negros, grandes, brillantes, abiertos de par en par. Por un instante los dos dudamos, pero enseguida seguimos nuestro camino. Me gustaría verlo dentro de cincuenta años para averiguar qué ha sido de su vida, si ha evolucionado, si ha abierto la mente al mundo o, por el contrario, la atracción del imán le inmovilizó y le dejó anclado en el pasado.

Reparación

Las palabras, tan maltratadas últimamente, necesitan una reparación. Liberarlas de aquellos que de forma ruin las alejan de su significado. Hubo un tiempo en que dar la palabra era sinónimo de compromiso. Ahora se han adueñado de ellas gentes sin escrúpulos, que las utilizan como si fueran baratijas sin ningún valor, pervierten la verdad y las exhiben sin pudor. Hemos de reivindicarlas, devolverles su autenticidad, su dignidad y su belleza. Hemos de hacer que la ética sea su religión y la cultura, su morada.

Medianoche

«Volver a casa a altas horas de la noche alguna ventaja debía tener», pensó al ver que el metro se detenía sin ningún ocupante a bordo. La puerta se cerró detrás de él, el tren arrancó y le lanzó contra los dos asientos que tenía delante. Después de un intento fallido de levantarse, dio dos vueltas en el suelo antes de chocar contra la columna del centro, salir rebotado y golpear la puerta contraria. Cuando a duras penas consiguió ponerse en pie, una inoportuna curva cerrada le derribó de nuevo y le incrustó debajo de otro grupo de sillas, donde quedó empotrado. Un instante que le permitió tomar conciencia de la situación. Jadeando se arrastró hasta la puerta y cuando esta se abrió salió rodando hasta alcanzar el andén, después de caer por el escalón. El primer balance fue desalentador: un par de dientes perdidos, sangre que brotaba de la nariz y la boca, un fuerte golpe en la frente y, lo peor, el brazo roto. No había ascensor y tampoco funcionaban las escaleras mecánicas. Subir a la calle le exigió un último esfuerzo.

El beso

«Amaos los unos a los otros». Con esta frase lapidaria terminó el funeral. De camino a su casa no se la quitaba de la cabeza. En el rellano le esperaba la portera, una mujer joven de exótica belleza, para entregarle la correspondencia. Sin mediar palabra se abalanzó sobre ella, la cogió por la cintura y la besó en la boca. Se armó un gran revuelo. Decidieron poner un hombre en la portería. A él le impusieron una sanción económica y muchos vecinos han dejado de saludarle.

Recuerda

Tenía a tres personas delante cuando el museo cerró. Decidió ir al cine. La película hacía diez minutos que había empezado. De camino a casa entró en el bar para charlar con los amigos, pero estaba cerrado. Optó por comprar el periódico, pero ya no quedaban. El ascensor no funcionaba y subió a pie. Al entrar en la cocina tropezó con la mesa, rompiendo dos copas. Había una nota: «Miguel, no toques nada, por favor. Vuelvo enseguida».

La boda

Siempre llegaba tarde, sin escrúpulos ni disculpas. El día de su boda la novia llevaba una hora esperando. De común acuerdo, un amigo ocupó el lugar del novio y salieron de la iglesia cogidos del brazo. Cuando llegó se sumó al grupo, echándoles arroz al grito de: «¡Que vivan los novios!». Meses más tarde los improvisados novios repitieron la ceremonia y se casaron. Él sigue soltero y llegando tarde, pues le ha sacado de muchos apuros, según dice.

Empezar de nuevo

No sé cuándo empecé a darme cuenta de la pérdida de valor de las palabras ni del deterioro del lenguaje hablado y escrito, pero ahora tal como lo siento os lo digo. Abandonadas a su suerte, esclavas de la mentira y la calumnia, la barbarie las utiliza a su gusto y provecho, sin importarle los malos tratos que les inflige públicamente, pensando solo en sus intereses particulares. Se trata de aquellas mismas palabras que nos han permitido poner nombre a nuestro mundo, que nos han llevado al progreso y al entendimiento; palabras que nos hablan de belleza, de valores, que ahora se pervierten y amenazan nuestra cultura, sometidas y expuestas a merced de los depredadores de siempre. Hay que rescatarlas y hacer que una rosa vuelva a ser una rosa, liberar a la verdad de su humillante cautiverio y que de allí de donde brota sangre vuelva a brotar vida.

Semblanzas

La comida familiar entró en la dinámica de las semblanzas. Observé que mi nieta mayor había quedado al margen y le eché una mano. «¿Qué me decís de Lucía? ¿No es el vivo retrato de su abuelo?». Se produjo un silencio, seguido de un grito, y a continuación se desplomó. Lleva dos días en cama, con fiebre y sin un claro diagnóstico. Pero estoy convencido de que se trata de un virus contagioso, puesto que no me dejan entrar a verla.

Paranoias

Seis personas llenaban la sala de espera de la psicoterapeuta. El hombre del rincón le daba mala espina. Dos mujeres cuchicheaban observándole. Uno miraba al techo para disimular. Otras dos no le quitaban ojo, en actitud desafiante. Esto después de soportar el interrogatorio inquisidor de la recepcionista. De repente se levantó y se fue. «Suerte que no ha venido mi mujer —pensó—, porque ahora ya estaría con sus obsesivas teorías sobre mis supuestas paranoias».

¿Por qué?

Era domingo; el cielo estaba cuajado de nubes que anunciaban un día gris que me remitía a la comodidad del sofá, la calidez del fuego del hogar y la compañía de un libro que ampliara mi mundo. Con este ánimo me levanté y preparé un café bien caliente. Antes de acomodarme encendí el ordenador, abrí el correo. De los veinte que tendría por contestar uno de ellos me llamó la atención, despertó mi curiosidad y me reclamó prioridad absoluta. La intuición, ese sentido que nos señala caminos sin darnos explicaciones, me pudo. Leí: «Quizá le extrañe porque no nos conocemos de nada. Solo trasladarle que una de las últimas voluntades de mi marido fue que se lo comunicara a usted y me dejó esta dirección de correo. Falleció hace diez días. Se llamaba Édgar Figueroa y vivía en Río de Janeiro». Me costó reaccionar. Bebí un sorbo de la humeante taza de café, eché el cuerpo hacia atrás, me recliné en el respaldo de la silla, retrocedí cincuenta años, me situé en una isla del Índico y dejé que la memoria pusiera el relato en orden.

Había ido de vacaciones con mis padres, pocos días después de cumplir dieciséis años. Él tenía un año más. Habíamos coincidido en un pequeño grupo de jóvenes de la edad durante una semana. Ya desde el primer momento nos caímos bien. El día antes de partir nos citamos para después de cenar en una de las playas cercanas. Fue una noche especial de alegría; también de tristeza. Las olas al besar la playa ponían la música, el mar desprendía paz, la luna nos prestó su tenue luz. En plena madrugada, entre besos y caricias, nos sumergimos desnudos en las cálidas aguas del mar. Me sentí libre como nunca antes. Al salir nos tumbamos en la arena y, con la curiosidad y la ilusión de la primera vez, dejé atrás la infancia, entré en la adolescencia y me hice mujer. Al romper el alba nos despedimos con un beso, un largo abrazo, un río de lágrimas y un montón de promesas. No le vi nunca más.

Cerré el ordenador. Contra todo pronóstico, el día había mejorado. Me apetecía salir a pasear. Dejé el libro en casa; hoy el relato lo escribiría yo, pero antes debía ordenar las preguntas. ¿Por qué se acordó de mí? ¿Por qué me lo hizo saber? ¿Cómo debió de ser su vida? ¿Cómo murió? ¿Quién era?

La entrevista

Vengo de una entrevista de trabajo para una importante empresa multinacional. Me he pasado la noche ensayando la presentación, el gesto, la mirada, las palabras. Cuando he entrado en el despacho he tropezado con una silla, he tirado el maletín encima de la mesa, he derramado el café. El peor escenario soñado. «¡Qué fuerte!». «¿Fuerte? No te lo pierdas, me han dicho que el puesto era para mí». «¡Estarás contento!» «¿Contento? Les he dicho que no. No sé, me ha dado mala espina».

Contigo

Hoy he soñado contigo. Estabas conmigo. Estábamos. No recuerdo de qué iba el sueño ni lo que llevabas puesto ni a dónde íbamos ni de dónde veníamos. Pero sé que eras tú, porque lo que sentí no lo siento por nadie más. En una atmósfera de deseo, de presente, de futuro, inmortal, eterna, sin palabras que pusieran límites a mi voracidad, he navegado en su silencio. He tenido un sueño. ¿Un sueño? Tú eras el sueño, mi sueño. Contigo. Estábamos. No quería despertar.

La vanidad

En el parque, al anochecer, cuando el día se desvanece y da paso la oscuridad, un hombre se dirigía a los allí presentes. Se detuvo unos instantes: «Solo en la sabiduría encontraréis la felicidad. Ella os mostrará el camino. Los honores y el dinero, bajo el manto de la opulencia, solo alimentarán vuestra vanidad». Al llegar a casa preparó la cena: un mendrugo de pan, un mordisco de felicidad y toda su vanidad. Pensó… sabiamente.

La conclusión

¡Cuando te detienes a pensar el mundo se mueve y cuando te pones a indagar no se sostiene! Tenía que elaborar un trabajo de fin de carrera que versara sobre la verdad. Partía de la idea de que las personas nos relacionamos utilizando la verdad como principio y que la inmensa mayoría de la gente solo miente de forma ocasional. Siempre había tenido claro que la verdad era uno de los valores de nuestra civilización, así como la base sobre la que se sustenta nuestra comunicación social y personal. Me he dado cuenta de que esto no es así, lo que me ha obligado a cambiar de criterio y dedicar la mayor parte de mi tiempo a grabar y estudiar multitud de las frases que utilizamos de manera natural y rutinaria en las conversaciones de la vida cotidiana. Esto me ha permitido obtener información suficiente para elaborar unas conclusiones, de las que a continuación os pongo tres ejemplos, en forma de frases que se utilizan con cierta frecuencia al referirnos a la verdad. «Si os he de ser sincero», no creo que la verdad le interese a nadie. «Si os digo lo que pienso», lo que queremos es tener razón. Pero, «a decir verdad», lo único que queremos es que nos la den.

Lo que os decía al principio. ¿Recordáis?

Escuchar

«¡La gente no sabe escuchar!». Dicho esto, empezó un monólogo que duró toda la comida y que solo interrumpió para preguntarme por la familia. Podría haber contestado: «¡Muertos!» y habría seguido. Cuando ya nos despedíamos volvió a preguntarme lo mismo y añadió: «Lo que es inaudito es que no suelen darse cuenta». No tuve más remedio que darle la razón.

La primavera

«Y además de todo esto, doctor, a mi edad me he echado novia». «No se preocupe, son síntomas que aparecen con la llegada de la primavera. De todos modos le doy la receta con la medicación que debe tomar para las alergias, la artrosis, el reuma y los dolores musculares. En cuanto a la novia, no se preocupe, no es necesario que tome nada. Tal como vino se irá».

La hoja

Cuando te conocí vestías de primavera. Situada en lo más alto del árbol, desprendías belleza y tus relucientes colores, enormes ganas de vivir. No he dejado de visitare cada día. Pero hoy no estabas, el aire otoñal se te ha llevado. La rama donde te albergaste temblaba de tristeza, temblábamos los dos. Ahora estoy en la consulta del médico con mi madre, que tiembla y llora a la vez. No ha querido llevarme al herbolario por temor a que me dé la razón. Mientras, espero la primavera.

El azar

Las ruidosas y alborotadas aguas del río mantenían la humedad de la ladera de las nevadas montañas del duro invierno, que gracias a la presencia del sol me era dado contemplar. Y así lo hice: tomé asiento en la terraza, me pedí algo fuerte que compensara la escasez de grados del ambiente y desde allí consumí la belleza que me regalaban. Pero el azar no ha podido contenerse y ha venido a fulminar un sueño, a sumergirme en la realidad, a que deje de pensar en deseos que no se cumplirán, a que abra la mirada hacia el mundo, a que libere mi corazón de la jaula en que se encuentra prisionero. Primero ha sido su risa sonora, sana, alegre, inconfundible, con la que tantas alegrías habíamos compartido. Alta, esbelta, una delicia para mis secuestrados ojos, ibas cogida de la mano, de una mano que no era la mía, tu mano que tanto calor me dio. En lugar de rechazar, maldecir, obviar, en lugar de esto he mirado hacia atrás, con ternura, cuando mis dedos se entrelazaban con los tuyos con tanta fuerza y pasión que parecía imposible que nada ni nadie los pudiera romper jamás. Ahora, en este lugar paradisiaco, me han parecido de cristal y no me he visto capaz ni de recoger los pedazos. Esa sensación de poderlo todo, de que el mundo estaba a nuestros pies y la vida sería lo que nosotros quisiéramos que fuera, que solo había un destino, en un momento se ha esfumado, como si la corriente helada del riachuelo se la hubiera llevado.

Me he quedado sentado en el mismo sitio sin reaccionar. Solo el camarero, sirviéndome una copa tras otra, daba calor a mi alma, me situaba en el mundo. El sol era ya una tenue luz que se escondía detrás de los picos más altos, que, cubiertos de nieve, resistían como podían, y la humedad me calaba hasta los huesos. Me levanté. No es justo que la última imagen que tenga de ti haga desaparecer todo lo que fuiste para mí de forma tan despiadada. No es justo que la belleza de las esperanzas e ilusiones sea sustituida por el olvido. Pero debo olvidar para evitar el dolor. Voy a hacer las maletas.

El encierro

Fue una mala decisión mal ejecutada, de principiante. La calle era más ancha de lo calculado y el toro estaba más cerca de lo esperando. Por un instante volvió la cabeza y dudó. El animal no: bajó la cabeza y corneó con elegancia. Era gacho de cuernos y a ellos se agarró. Cada vez que cabeceaba sufría un duro golpe desde el esternón hasta la parte baja del abdomen. El trayecto le parecía eterno; cada cornada, cada instante, parecían los últimos. Una salva de aplausos le anunció la entrada en la plaza. Un postrero revolcón le depositó en la arena, exhausto. Despertó temprano; estaba solo en la habitación y el cuerpo le dolía horrores. Tumbado en la cama, llamó a su mujer. «Estoy en el baño —le contestó—. Ahora vengo. ¿Aún estás así? Date prisa; nos esperan en Pamplona, que hoy empiezan los encierros. Venga, Fermín, no hagas esa cara». «Es que me duele todo el cuerpo». «No me extraña. ¡Cómo estuviste ayer! ¡Nunca te había visto así! En los diez años que llevamos juntos no recuerdo otra noche como la de ayer». Derecha e izquierda y echó a andar.

Un plan aburrido

Son las cinco de la mañana. No puedo dormir. Como ayer, anteayer… Pienso en la conversación que tuve la semana pasada con Juan. «¿Vais a la playa? Vaya plan más aburrido. Yo me voy a Tailandia —me dijo—. ¡Nos vemos a la vuelta!». Me levanto de la cama, intentando no hacer ruido. Salgo a la calle acompañado de la cámara y un libro. En dos minutos llego a la playa. No hay nadie. El cielo oscurece todo lo que hay a mi alrededor y más allá. Las luces de las farolas me sitúan y tiñen de amarillo sus entornos. El mar está en calma. El silencio me acompaña, la brisa huele a sal. Algunas terrazas mantienen mesas y sillas. Acepto la invitación y me siento en una de ellas. Dejo el libro encima de la mesa; no puedo abrirlo, no puedo leer ni quitar la vista de aquel rincón donde la belleza parece dibujar el paraíso. La cámara lo inmortaliza. Mis sentidos se ensanchan, se alimentan de cualquier detalle: un objeto, una casa, un rincón. No hay nadie, pero todo me inspira vida. Aire, agua… ¿y fuego? El sol pugna por aparecer, despacio pero inexorable, la temperatura sube y poco a poco todo lo que abarca mi vista es un festival de insaciables colores: blanco, amarillo, azul, rojo. Las barcas se balancean y brillan, las gaviotas revolotean, se acercan, se alejan. Los techos de las casas dibujan el horizonte, la línea del mar es nítida. El día está servido, el Edén está aquí. Solo nosotros lo podemos destruir. Basta con no prestarle atención. Amanecer es el primer acto de creación que se nos ofrece. Sucede cada día, pero ninguno es igual. Poco a poco han ido apareciendo los primeros pobladores. De vuelta a la habitación, me meto en la cama y me duermo. A las ocho me despierta mi pareja. Me recuerda que por la mañana es cuando se está mejor en la playa. Me hago con una hamaca. Dejo las cosas, nos damos la mano y vamos corriendo al mar. Me doy cuenta de que mi compañera no desmerece nada de lo visto. El mar me abre sus puertas y pide silencio. ¿Tailandia?

La conferencia

En mi primer día como presidente tuve que pronunciar el discurso de apertura de la convención anual de socios. Lo preparé deprisa y aquella misma noche estaba destituido. Horas después, delante de mi tercera copa, se acercó un amigo y le pregunté. Su respuesta fue inmediata: «Era una reunión de empresarios, ¿no?». «Sí, claro». «Pues no diste una a derechas».

Sí, maestro

Hoy, maestro, me he acordado de ti. Lo hago a menudo, pero hoy más. «En situaciones complicadas la razón nunca te da una salida», una de tus frases preferidas. Pues me enamoré. Sí, ya sé qué me vas a decir. Pero lo hice. No un poco, no: hasta el cuello. Y como no podía ser de otro modo, maestro, durante más de un año la razón en paradero desconocido. Hoy me ha dejado. ¿Y sabes qué? Me ha dado mil razones. Y una salida.

Cruzar el umbral

Cuando cruzas la línea y accedes a la felicidad, algo se rebela en tu interior. Le sucedió ayer a Andrea. Se acostó con el espíritu flotando de felicidad y esta mañana, al despertar, del rosal solo quedaban las espinas. «¿Por qué?», me pregunta Andrea con mirada triste. «Porque para nuestro instinto de supervivencia la felicidad es una debilidad y sin dolor no hay paraíso», le digo. «Pero esto es muy perverso», me contesta. «Sin la muerte, ¿cómo explicarías la vida?», le respondo.

El calloso

Las citas a ciegas no le gustaban, pero esta vez parecía que había dado en el clavo. Ilusión que duró justo hasta saludarse. ¿Ejecutivo? Las manos callosas. ¿Idiomas? No entendía ni al camarero. ¿Estudios? Ya ni preguntó. Desgarbado, cuatro alborotados pelos. A los diez minutos dijo que debía irse. «¿Te acompaño?». «No (rotundo), gracias». Mientras esperaba un taxi, el calloso subía en un deportivo rojo descapotable. Le saltaron un par de lágrimas. ¿De cocodrilo? No, de rabia.

Atención al cliente

El día era soleado, tenía hambre, pronto llegaría a casa. Delante, dos mujeres iban hablando y a una se le cayó la billetera del bolso. Me agaché para recogerlo, instante en que ambas se pusieron a chillar: «¡Al ladrón, al ladrón!». Media hora más tarde estaba en la comisaría para prestar declaración. Di una ojeada a la habitación. Sucia, llena de polvo, muebles viejos, escasa iluminación. Un desastre. «Qué poco respeto le tienen al cliente», pensé.

La cola

Llevaba un buen rato haciendo cola cuando una señora me preguntó si era para el oculista. Le contesté que no, que era para el urólogo. Otra intervino, esta de la cola de al lado, y nos dijo que no, que era para el odontólogo. Un hombre que estaba detrás de mí se volvió y me dijo que nuestra cola era para el psiquiatra. Reconozco que estaba algo confuso. Consulté la hora. Me quedé en la cola, tenía tiempo. El psiquiatra no me pareció una mala opción.

A buen entendedor pocas palabras baſtan

«Mira, Juan, no todo el monte es orégano». «Dímelo a mí, que me la han dado con queso». «¿Cómo? ¿Quién?». «Pues alguien que es más fácil saltarlo que darle la vuelta». «¿Y cómo fue?». «Te diré que sin comerlo ni beberlo. En un abrir y cerrar de ojos metí la pata y lo he pagado con creces». «Me sabe mal. ¿Y qué harás?». «Pues a mal tiempo, buena cara. A otra cosa, mariposa; y a vivir, que son dos días». «Te ha pasado porque eres un pedazo de pan». «Cierto, pero a mal tiempo, buena cara, porque quien a hierro mata a hierro muere. Y a esperar. ¡A todo cerdo le llega su San Martín!». «Ya sé que me dirás que mal de muchos, consuelo de tontos, pero a Pedro también se la jugaron y tuvo que cargar con el mochuelo». «No me digas. ¿Cómo fue?». «Sin comerlo ni beberlo, un buen día le encontraron hecho un cristo. Él, que no sería capaz de matar una mosca ni de romper un plato. Encima, aún los hay que hacen leña del árbol caído. ¿Su familia? Le han dejado más solo que la una. Y con su mujer estaban siempre como el perro y el gato. Ella, ya sabes, a Dios rogando y con el mazo dando. Nunca ha sido trigo limpio. Ya te dije, en todas partes cuecen habas». «¿Por qué no le echamos una mano? De bien nacidos es ser agradecidos». «Tienes más razón que un santo. ¿Nos ponemos manos a la obra?». «Sin duda. Vamos a hacerle una visita. Como bien dice una expresión castellana, hoy por ti y mañana por mí». «Y no te olvides de esta: a perro flaco todo son pulgas». «¿Me lo dices o me lo cuentas?».

Larga vida

Por fin, después de un mes de investigaciones y colaboración entre países de todo el mundo, se ha detectado el causante del aumento descomunal de suicidios, prácticamente todos en la población de mayor edad. Se atribuye a la noticia que dio la comunidad científica afirmando que en poco tiempo se duplicaría la esperanza de vida. Esta mañana, en un comunicado urgente, piden disculpas a las familias afectadas y se comprometen a averiguar de dónde salió tamaña falsedad.

Gato encerrado

Llevaba confinado poco más de un mes. Las noticias no auguraban buenas sensaciones. El virus se resistía a abandonar la zona, la reclusión se alargaba más de lo deseado y empezaba a perder el control. Además, le había entrado un gato negro en la casa y no tenía aspecto de querer irse. Le puso comida en un plato y se lo quedó observando. Se sentó a ver la televisión y el gato se sentó a su lado. No molestaba; en silencio le seguía a todas partes. Le había cogido cariño y le hablaba. Incluso a veces hacía una señal con la cabeza como si le entendiera. Le gustaba ver cómo se limpiaba con la lengua. Pero de repente empezó a hacer cosas extrañas. Le cambió el canal de la televisión, supuso que al pisar el mando. Estaba preparando la comida cuando observó que había tres gatos más esperando comer. Los iba a echar, pero le miraron desafiantes. Se fue a dormir y se encontró a cinco encima de la cama. No se atrevió a echarlos y durmió en el suelo. Por la mañana, preocupado, llamó a la policía. Llamaron a la puerta y allí estaban dos gatos con un gorro y una porra y, sin mediar palabra, se lo llevaron con la sirena a tope. Cuando entró en el hospital se aterrorizó. En la puerta había un gato paseando un perro con una correa. ¡Y todo el personal eran gatos! Pero el colmo fue cuando el médico le auscultó el pecho y le dijo: «¡Coja aire y diga miau tres veces!». De pronto se encendieron las luces de la habitación. «Miguel, por favor, ¿quieres dejar de maullar?».

Efímero y eterno

Leyendo en la soledad del silencio, solo interrumpido por el eco del campanario de la Iglesia, que advierte como el tiempo se va sin piedad, viajo en mi pensar por la memoria de mis recuerdos, emociones, sensaciones, amores compartidos y seres queridos, que me hacen gozar de la belleza incomparable de la vida vivida, efímera y eterna.

Nanorrelatos

1. SONRISA

Cuando recordó la última vez que se había reído le entró una pena inmensa.

2. CONFORT

Bajó al infierno y encontró el calor y el confort que nunca había tenido.

3. VOCACIÓN

Pasó de puntillas por la vida. El ballet lo había sido todo para ella.

4. UN HUECO

Anduvo buscando un hueco en el mundo y cuando lo encontró no supo llenarlo.

5. SOLITUD

Siempre fue una persona solitaria hasta el punto de no echarse de menos.

6. INTERIORES

Cerró los ojos y todo le pareció sumamente claro.

7. DESCONFIANZA

Inspiraba tanta confianza que nadie se fiaba de él.

8. VERDADES

Cuando dejó de decir mentiras la suerte le abandonó.

9. INCOMPATIBILIDADES

Nadó en la abundancia y anduvo en la miseria.

10. OBSESIONES

La búsqueda de la libertad le esclavizó para siempre.

11. SUICIDIO

El salto limpio, la caída dura, la muerte súbita.

12. INDIFERENCIA

Todo le daba lo mismo, incluso con decimales.

Aforismos

La potencia de un recuerdo puede irrumpir con estruendo y desaparecer en silencio.

~

Soñar es el único medio que tiene el inconsciente para darte información privilegiada.

~

Los privilegios no se miden, se comparan. Siempre necesitas a alguien más.

~

La memoria está hecha para atender tus solicitudes, pero con los años se muestra rebelde y desobediente.

~

Cuando lees un libro abres un mundo. No sabes qué mundo será, pero cuando termines de leerlo nunca más te dejará.

~

Nadie puede impedir que pienses, pero solo de ti depende que lo hagas bien.

~

Acostumbramos a decir que el inconsciente nos ha traicionado porque es más fácil echar las culpas a quien no puede defenderse.

~

El instinto te dice lo que tienes que hacer, pero no te da explicaciones.